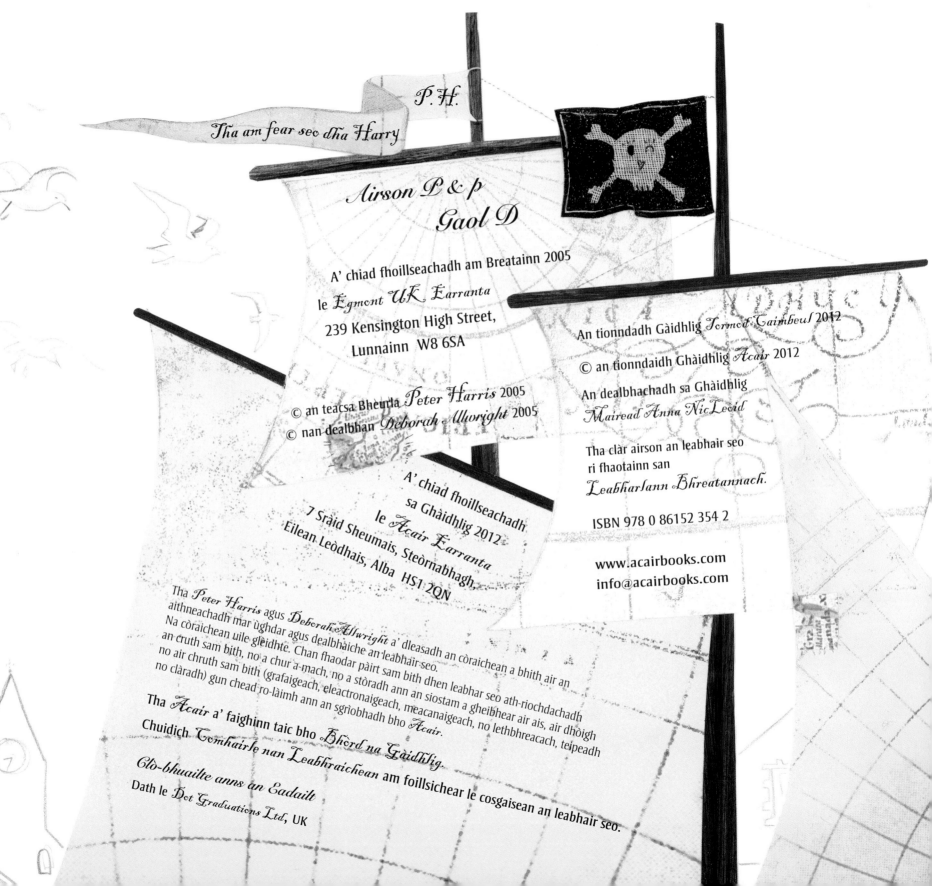

P.H.

Tha am fear seo dha Harry

Airson P & p
Gaol D

A' chiad fhoillseachadh am Breatainn 2005
le *Egmont UK Earranta*
239 Kensington High Street,
Lunnainn W8 6SA

© an teacsa Bheurla *Peter Harris* 2005
© nan dealbhan *Deborah Allwright* 2005

A' chiad fhoillseachadh
sa Ghàidhlig 2012
le *Acair Earranta*
7 Sràid Sheumais, Steòrnabhagh
Eilean Leòdhais, Alba HS1 2QN

An tionndadh Gàidhlig *Tormod Caimbeul* 2012

© an tionndaidh Ghàidhlig *Acair* 2012

An dealbhachadh sa Ghàidhlig
Mairead Anna NicLeòid

Tha clàr airson an leabhair seo
ri fhaotainn san
Leabharlann Bhreatannach.

ISBN 978 0 86152 354 2

www.acairbooks.com
info@acairbooks.com

Tha *Acair* a' faighinn taic bho *Bhòrd na Gàidhlig.*
Chuidich *Comhairle nan Leabhraichean* am foillsichear le cosgaisean an leabhair seo.

Clò-bhuailte anns an Eadailt
Dath le *Dot Graduations Ltd*, UK

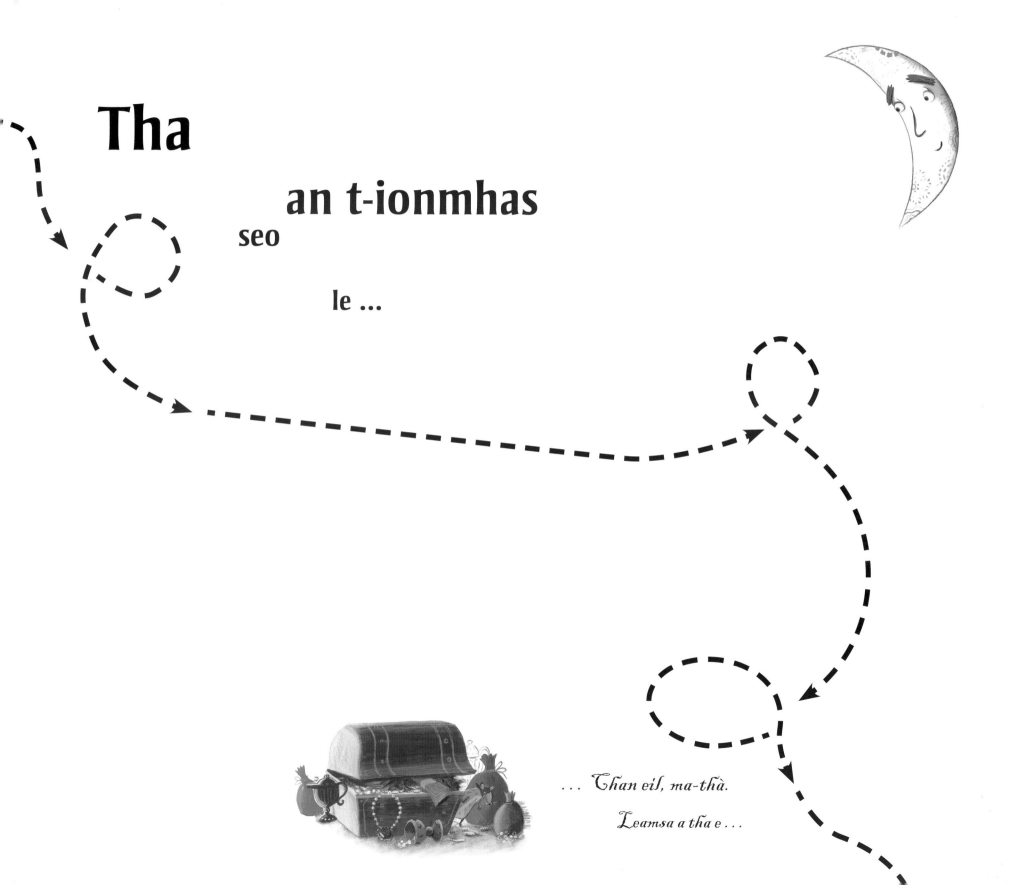

Tha seo **an t-ionmhas**

le ...

... Chan eil, ma-thà.

Leamsa a tha e ...

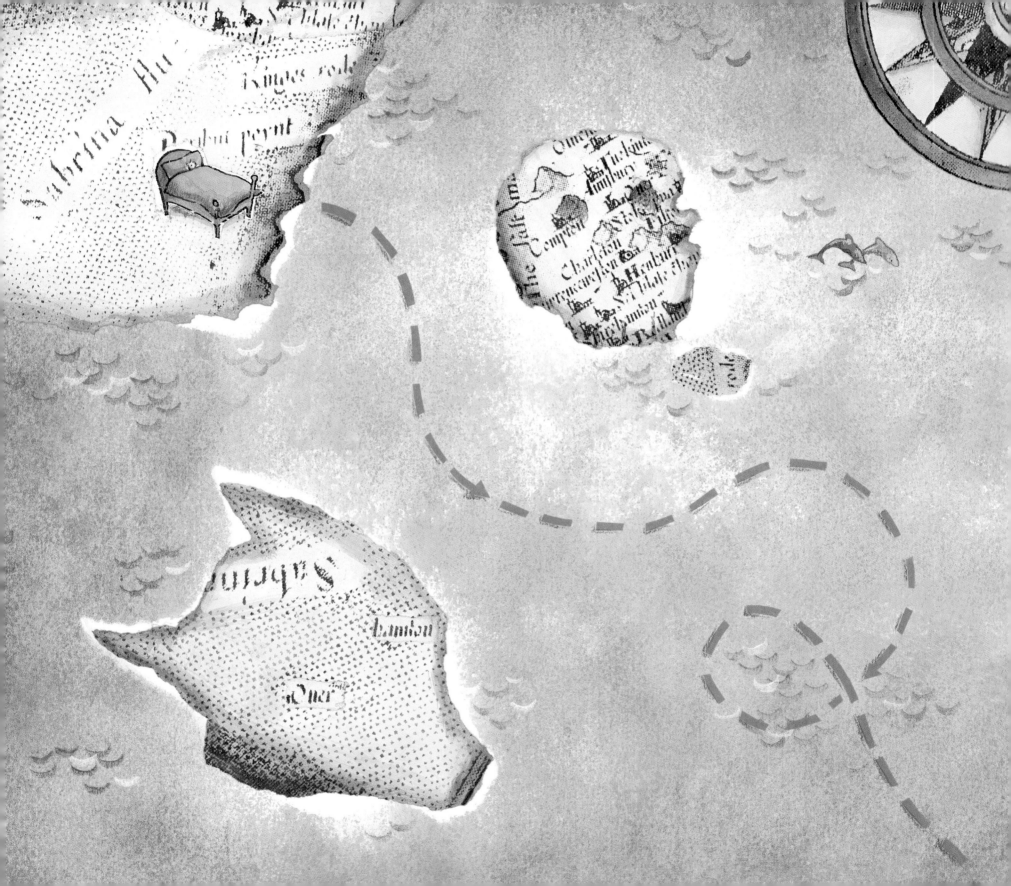

Spùinneadairean Dubh Na h-Oidhche

Peter Harris

Deborah Allwright

A' Ghàidhlig le Tormod Caimbeul

acair

Sìos
sìos
sìos
an t-sràid
dhubh
dhubh-dorch
gun
tàinig
iad,

cho fàthach ri mèirleach,
cho sàmhach ri luch.

Suas
suas
suas

an taigh
dubh
dubh-dorch
gun
dhìrich
iad,

cho fàthach
ri luch,

cho sàmhach
ri mèirleach.

Cha robh ach a' ghealach
gan coimhead
nuair a ràinig iad.

Dìreach a' ghealach
a bha gan coimhead
nuair a dh'fhalbh iad.

Dìreach a' ghealach . . .

. . . agus aon bhalach beag.

'S e balach beag laghach a bh' ann.
Tòmas – balach beag treun,
a dh'fheumadh èirigh agus falbh

agus faicinn cò bha siud
cho sàmhach ri na luchainn,
a thug leotha cho fàthach
beulaibh an taigh' aige.

Am b' e **fuamhairean**
no **tàbharnadh**?

Sìthichean
no **sìochairean**?

Robairean 's dòcha;

's dòcha eadhon

spùinneadairean?

SPÙINNEADAIREAN???

SPÙINNEADAIREAN!

Cha b' e ach *clann-nighean
làidir, rìghinn*
lem bàta-spùinnidh fhèin.

Bàta siùbhlach,
Bàta seòlaidh;
Air chùlaibh
Balla an taigh'
aig Tòmas.

Agus am faigheadh Tòmas
fhèin air bòrd?

"An leig sibh mise
còmhla ribh?"
dh'èigh Tòmas.

"Am faod mise cuideachd a thighinn air bòrd?"

Ach dè thuirt an *sgiobair* Mairead Anna?
An tuirt i, *"Dèan às!*
Balach a th' annad!"

Gu dearbha fhèin cha tubhairt.
Ach dh'èigh i le guth **làidir mòr**,

**"Fàilt' ort,
'ille bhig,
air bòrd!"**

Agus **suas** le na siùil,
suas leis a' bhratach,

agus a-mach gun sheòl am **bàta-spùinnidh**
leis *a' chlann-nighean*
làidir, righinn

agus
Tòmas mac Thòmais
còmh' riutha air bòrd.

Ach càit an robh iad a' dol?

Càit eile ach gu eilean?

Cò bha sin ach an *Caiptean Paids*
aig **ciste an ionmhais**,
agus a chàirdean GRÀNDA SALACH
trom nan cadal.

Agus an uair sin chunnaic an *Caiptean Paids* rudeigin.

Rudeigin
**gu math
neònach.**

Rudeigin a bha **GU DEARBHA FHÈIN** gu math neònach.

Dè fo ghealach a bh' ann?

Taigh
a' seoladh
thuca

's a tighinn na b' fhaisge
's na b' fhaisge;

taigh a' seòladh thuca,
agus balach beag
anns an uinneig
a' smèideadh!

"Tha mi a' faicinn taigh!" dh'èigh an *Caiptean Paids*.
"Abair rud," arsa na spùinneadairean eile, "Cò nach fhaca taigh?"

"Seo, seo" dh'**èigh** an *Caiptean Paids*. "Air ur casan! Làmhan oirbh!"
Ach chaidh iadsan air ais a chadal, **srann àrd** aig gach fear dhiubh
's an taigh a' tighinn na b' fhaisge 's na b' fhaisge . . .

'S a-mach gun **leum** *a' chlann-nighean làidir, righinn!*

'S a-mach gun **leum** Tòmas mac Thòmais!

'S chluinneadh tu an èigheachd aig taigh Iain Gh**ròta!**

Cha chreideadh na spùinneadairean
an sùilean.

Dè bha seo a' tighinn orr'
le glaodhaich?

Cha do dh'fhuirich iad na b' fhaide;
le sgreuchail

thug

iad

leotha

an

casan!

Fhuair *a' chlann-nighean
làidir, righinn*
agus Tòmas an t-ionmhas –
loma-làn na ciste –
's iad a bha pròiseil . . .

. . . 's bha na
**spùinneadairean
fo thùrs**
sna craobhan
gam faicinn
a' seòladh
air falbh
leis.

Agus an *Caiptean Paids?*
Bha esan a-mach à rian,
a' stampadh a chasan,
ag èigheachd
às a chiall,

*"Mura till sibh leis an ionmhas
thèid ur blastadh dhan an iarmailt!"*

Ach sheòl iadsan gu dòigheil,
thar nan cuantan fada farsaing,
gus an ràinig iad an dachaigh.

Sìos
sìos
sìos
an
t-sràid dhubh-
dhorch
gun tàinig
iad,

cho fàthach ri mèirleach,
cho sàmhach ri luch.

Suas

Suas

Suas

an

taigh

dubh-

dorch

gun dhìrich
iad

cho fàthach ri luch,

cho sàmhach ri mèirleach.

Cha robh ach a' ghealach

gan coimhead

nuair a ràinig iad.

Dìreach a' ghealach

a bha gan coimhead

nuair a dh'fhalbh iad;

dìreach

a' ghealach . . .

. . . agus aon bhalach beag.

'S e **balach** beag **treun** a bh' ann.
Tòmas – **balach** beag cadalach – a dh'èirich 's a dh'fhalbh
air **turas iongantach, euchdail.**

'S cha bhiodh fios aig duine mu dheidhinn . . .

. . . am bitheadh?

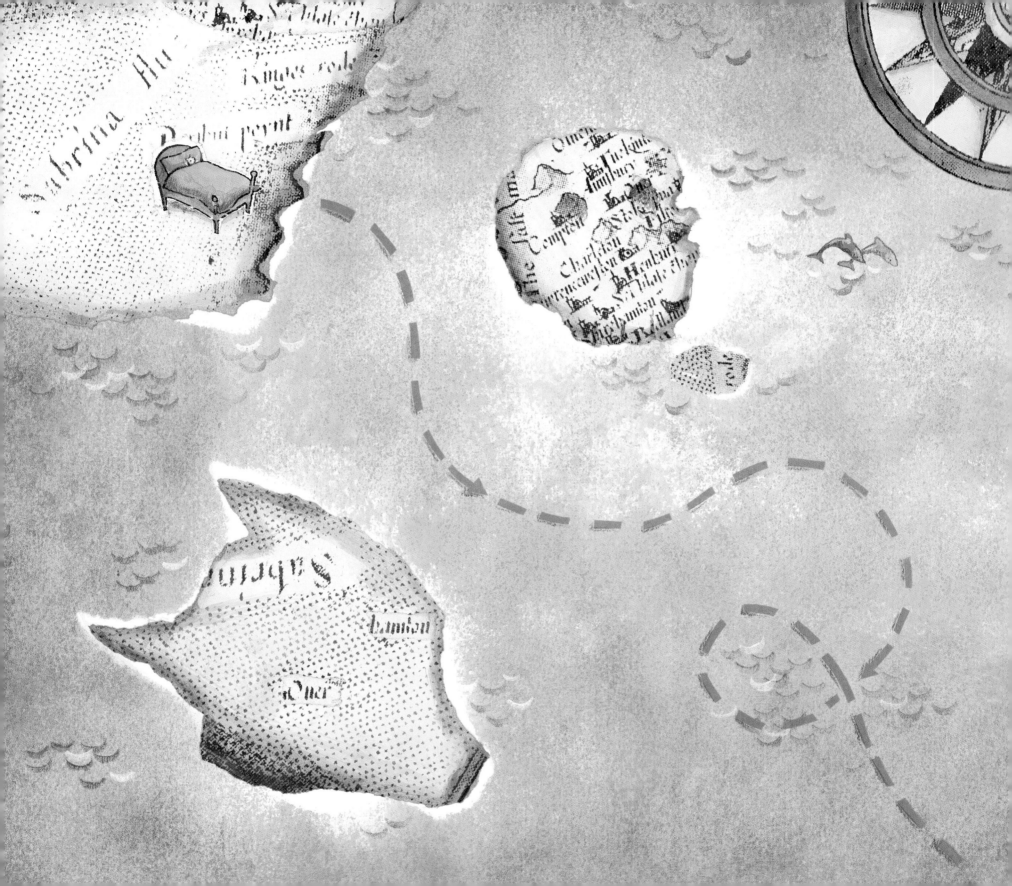